In 7 Tagen schuf *Gottvadder* Licht und Dunkel; Land und Wasser; Pflanzen, Bäume, Tiere und ein Menschen-Paar: *Gottvadder keek nochmol vun boben. Un sä: ik mutt mi sülvst loben; – denn mi dücht je ut mien Sicht – heff ik dat Wark opt`t Beste richt.*

Sien Schöpfung un wat achterno keem*:* das Paradies und sein Ende, die Sintflut, den Turmbau zu Babel, das Schicksal der Kinder Israel bis hin zur Verkündung der Zehn Gebote und dem Tanz um das Goldene Kalb – das alles hat Boy Lornsen auf beeindruckende Weise in plattdeutschen Versen geschildert.

Gleiches gelang ihm mit ***Jesus vun Nazareth – een Stremel Weltgeschicht****: Hüüt is jüm de Heiland boren* – diese Botschaft überlebt zweitausend Jahre und damit beginnt das kurze intensive Leben des Jesus von Nazareth und es endet am Kreuz. Boy Lornsen hat es lebendig, bilderreich und gelegentlich mit humorig-kritischen Parallelen zum Heute erzählt.

Boy Lornsen

Vun Gott un Lüüd

Quickborn-Verlag

ISBN 978-3-87651-436-9

© Copyright 2017 by Quickborn-Verlag, Hamburg
Umschlagfoto und Gestaltung: Günter Pump, Nordhastedt
Gesamtherstellung: CPI books GmbH, Leck
Der Umwelt zuliebe
auf chlorfrei gebleichtem Papier gedruckt
Printed in Germany

Wat hier binnen steiht

Sien Schöpfung

un wat achterno keem

Mit rein gornix füng he an.

Keen Farv. Keen scharpe Kant.
All griesen Kroom un keen Holfast.
Keen Witt, keen Swatt un keen Kuntrast.
Un doran leggt he Hand.

Gottvadder sä: Nu ward dat Licht!
(Denn to dat Schöpfen bruukt he Sicht)
Toeerst wöhl he so`n ganz groot Lock.
He drück un dreih un schoov un trock
dat groot Lock as`n Pötter
jümmer grötter, jümmer grötter,
bit an de Ünendlichkeit
(De he blot alleen versteiht).

Düt Lock weer nu dat Hevenstelt
mit noog Platz för sien ganze Welt.
Denn backt he noch`n dutten Kluten,
week no binnen, hatt no buten,
un een Kluten woor de Eer
mit dat Sien, dat Warrn, dat Weer.
Nu fehl för Dag un Nacht noch wat.
He deel dat Gries in Witt un Swatt.
Witt mookt he den lichten Dag
un pickswatt de düüster Nach´.

De eerste Dag gung dormit rüm.
Weer allns sowiet in`t Loot.
Gottvadder keek nochmol rundüm,
un wat he sehg, weer goot.

In söß Doog wull he fardig ween,
harr keen tohölp, weer ganz alleen
un buu je ok no Mööglichkeit
sien Welt op för de Ewigkeit.
De Heven un de Eer weern dor.
Nu bruuk he Woter, em weer klor,
sünst fünscheneer sien Schöpfung nich
(Gottvadder ploon op wiede Sich´).
Rundümto weer Woterdamp,
den kreeg he foot un papp un pamp

bit de Heven üm de Eer
knüppeldick vull Wulken weer.
He kunn vöreerst (mag dösig klingen)
dat Woter noch nich ünnerbringen.
Mit de dor Wulkenbackerie
leep em asig Tiet vörbi.

De tweete Dag gung dormit rüm.
Weer allns sowiet in`t Loot.
Gottvadder keek nochmol rundüm,
un wat he sehg, weer goot.

De Eer, toeerst noch lubberig,
woor langsom kold un knubberig.
De Daals un Bargen weern dor
(wat em `n dutten Arbeid spoor).
Blot ööd un lerrig weer sien Eer
(wat je ok keen Tostand weer).
He deel den Kroom in dröög un natt,
mookt groot deep Lunken mit so`n Gatt,
hoolt de Wulken neeger ran,
un denn füng dat Pladdern an.
Dat gööt un görgel, bruus un strull
bit de dorn Lunken vull
Woter weern, un denn geev he
noog Solt an för de Solten See.

Dat Gröffste harr he dormit doon.
Nu keem de fiene Fisselkroom
mit de Fleeten, Seen, de Flüß´,
Borns un Sooten, denn he wüß´,
för dat Land un för dat Leven
müß he noog Söötwoter geven.
Achteran schöpf he dat Gröön,
dat Gras, dat Unkrut un de Bööm,
de Blööm, de Büsch, de Trüffeln,
ok`n gode Soort Kantüffeln,
Gröönkohl, Arften un Poree,
Kamelln (för Kamellntee),
Kronsbeern, Dill un Appelsien
un noog Druven (för den Wien).
Dorto Samen to`n Verarven,
dat se nich to fröh utstarven.

De drütte Dag gung dormit rüm.
Weer allns sowiet in`t Loot.
Gottvadder keek nochmol rundüm,
un wat he sehg, weer goot.

Nu weer he an`t spikeleern,
wull Latüchten installeern,
de an`n Heven lüchen dän,
hell un klor un wiet to sehn.

He kreeg sien Kluten wedder her,
sett se in`n Heven rund de Eer
lütt un groot un root un witt
un denn mookt he ehr glöönig hitt.
Dat sien Eer nich so alleen
schöpf he den Mond (so`n lütten een).
Denn mookt he Paus för`n Ogenblick,
bekeek sien Wark un dach bi sik:
Mi dücht, ik harr wull noch mehr Freid,
wenn de ganze Kroom sik dreiht.
Sacht stött he sien Lüchten an,
un denn füng dat Dreihn je an:
De Eer brummküsel üm sik rüm.
De Mond flutscht üm de Eer,
un beid tohoop suus rund de Sünn.
So geiht`t in`n Heven her.
Dat harr Gottvadder fein utdacht.
Sien Eer kreeg nu ehr Dag un Nacht,
ok noog Licht vun alle Sieden
un bobento noch Johrestieden.

De veerte Dag gung dormit rüm.
Weer allns sowiet in`t Loot.
Gottvadder keek nochmol rundüm,
un wat he sehg, weer goot.

Hüüt nehm he sik dat Woter vör,
dat still un dood ohn Leven weer.
Keen Bries, de liesen strieken dä,
keen Storm, keen Gischt, keen wille See.
Sien Eer bruukt Farv, Beweer, dat Singen.
Dat wull he nu in Ordnung bringen.
He fung glieks an. Toeers schöpf he
wat in natt Woter passen dä.
Groot un lütt un lang un kort –
jedeen kreeg sien Egenoort:
De Wal woor groot, de Stint man lütt,
de Hummer grantig, platt de Bütt.
De Ool woor lang un glitschig,
de Forelln flink un witschig,
De Haifisch beestig, rund de Robb.
De Knurrhohn kreeg `n gnietschen Kopp,
de Bors de Stickeln, un de Kräut
geev he ok noch Been un Fööt.
De Kaviar kreeg de dor Stör,
un de groote Soogfisch wöör
mit`n lange Soog utrüst
(Kunn ween, dat he mol sogen müsst).
Denn schöpf he noch so`n Krokodil
un dat Nilpeerd för den Nil,
de Qualln, den Tang, den Muschelkroom.
Seeroos, Seenelk un -annemoon

sett he in de Solten See,
dat ok dor wat blöhn dä.
Un so woorn dat jümmer mehr,
bit Leven noog in`t Woter weer.

In`e Luft schull ok wat flegen,
un sien neegtsen Deerten kregen
för den dorn Luftbedrief
twee feine Flünken an den Liev,
woorn groot un lütt un slank un breed,
mol mit mol ohn so`n Fedderkleed,
root un blau un geel un gröön,
witt un swatt. Fein antosehn.

De Strauß woor groot, de Fleeg man lütt.
De Heister mookt he swatt un witt,
de Blaumeis blau, de Wöps geelswatt.
De Buntspecht kreeg vun allns wat.
De Uhl woor bruun, de Gröönfink gröön.
De Adebar kreeg rode Been.
De luude Fleut geev he den Spree,
dat he dat Fröhjohr melln dä.
De Pageluun sehg propper ut.
De Lünk, de kreeg de gröttste Snut,
de Brummer de ganz luude Brumm,
de Mück de Sirr, de Imm de Summ.

De Duuv, för hüüt dat letzte Wark,
schöpf he fromm un dat ohn Arg,
nich to groot un nich to lütt,
un ehr Feddern mookt he witt.
Un so woorn dat jümmer mehr,
bit in`e Luft noog Leven weer.
Vun jede Oort geev`t Fro un Mann.
Sodennig keem sien Eer vöran.

De föffte Dag gung dormit rüm.
Weer allns sowiet in`t Loot.
Gottvadder keek nochmol rundüm,
un wat he sehg, weer goot.

Vundoog keem he recht fröh ingang.
(Sien Schöpfungslist weer teemlich lang)
Luft un Woter harrn ehr Leven,
nu wull he dat Land wat geven.
Dor schull`t lopen, krupen, klattern,
bölken, snuben, jiffeln, snattern,
dat schull juchen, dat schull klingen,
allns müß sien Lobleed singen.
Groot un lütt un lang un kort –
jedeen kreeg sien Egenoort:
De Aap, den geev he Arms un Been,
un sett em (vöreerst!) op de Bööm.

De Kattenpoten mookt he lies.
De Slang schöpft he för`t Paradies.
Dat Kängeruh muß hüppen lehrn
un kreeg`n Büdel för de Görn.
Muulwarp, Muus un Mett to`n Wöhln,
de Popagein to`n Krakeeln,
Koh un Schaap un Swien un Peerd,
Voß un Luus un Löwendeert,
Wissel, Wulf un Elefant ...
gung em düchtig vun de Hand.
Denn keem noch Swienegel un Pogg,
twee Karnickel, Zipp un Bock,
un achteran so`n snurrig Deert,
witt un swatt mit Stummelsteert,
de kreeg`n feine Stänkerdrüüs
in`n Achtersteven (mol wat Nies).
Un so woorn dat jümmer mehr,
bit sien Land vull Deerten weer.
Gottvadder sä: Un nu schöpf ik
den Mensch, dat ward mien Meisterstück.

Mit dat Mannsbild fung he an.
De Madam keem achteran.

Gottvadder geev sik bannig Möög,
dat sien Mensch vun`t Beste kreeg:

flinke Hann un stramme Been,
Nees un Ohrn un ok noog Tähn,
un wat so`n Mann noch bruken deiht
för de Arbeid un de Freid.

Een Adam, de alleen kampeert,
is ohn de Eva nich veel wert.

Lütt Eva un ehr Egenoort
harr he bit toletzt opspoort,
denn de Schöpfung vun düss Doom
weer`n vigelienschen Kroom.
Ut Adams Ripp (Dat kann sünst keen!)
hett he ehr mookt. Un wunnerschöön!
So tru, so leev un so apartig,
flink un flietig un week hartig.
De sööte Snuut, dat Engelshoor,
de flinke Tung, kreeg he fein klor
un allns an de rechte Stee,
rund un drall, wo`t passen dä,
nich to flödig, nich to dick.
Blot ehr Mors kreeg düchtig Schick.
Dor stunn de Deern, de Bossen krall,
un tööf je op den Sündenfall.
Lütt Eva weer de Schöpfung Kroon.
Gottvadder harr sien Dagwark doon.

He geev sien Menschen bobenop
so`n lütt bet Grips in ehrn Kopp
(Kunnen je swore Tieden warrn,
dat se den Grips mol nödig harrn),
un denn puus he sien Odem dör,
bit dat de Mensch lebennig weer.

Deerten, Planten, Woter, Land,
geev he nu all in Menschenhand,
op dat se sien Schöpfung plegen
em to Ehr un ehr to`n Segen.

De sößte Dag gung dormit rüm.
Weer allns sowiet in`t Loot.
Gottvadder keek nochmol rundüm,
un wat he sehg, weer goot.

De sövte Dag. De Vogels singt.
De Sünn steiht blank an`n Heven.
Dat wöhlt un gröönt un swimmt un springt:
Sien Welt fangt an to leven.

Gottvadder keek vergnöögt vun boben
un sä: Ik mutt mi sülvst loben,
denn mi dücht je ut mien Sicht
heff ik dat Wark op`t Beste richt.

De Welt de dreiht.

De Wind de weiht.

De Floot de kümmt.

De Ebb de geiht.

De Welln speelt mit Steen un Sand.

De Wulken treckt hoch över`t Land.

De Dag is licht. De Nacht is swatt.

De Regen gifft de Eer dat Natt.

De Planten waßt. De Bööm ward gröön.

Wat blöhn schall, fangt an to blöhn.

De Fisch in`t Woter swümmt vergnöögt,

ik sehg, dat se ehr Flossen röögt.

De Vogels sünd mit tirili

al stüttig bi den Nestbu bi.

Den Pogg hör ik luud gröhln.

De Muulwarp is an`t Wöhln.

De Hehn is flietig, de Hohn fuul.

De Rootvoß lickt sik al dat Muul.

De Pageluun sleit sien groot Rad.

Un in`e Sünn dor snurrt de Katt.

De Droßel fleut. De Immen summt.

De Beester bölkt. De Boor de brummt.

Mien Deerten doot, wat ik verlang.

Üm de bün ik nich wieder bang.

Twee Menschen, de man jüst geborn,

stunnen nakelt un verlorn

op Gotts Eer. Un de weer groot.
Se harrn so recht keen Levensmoot.
So güng dat nich. He müß wat doon,
dat se de eerst Tiet överstohn,
wöör Gottvadder denn je wies
un schöpf gau dat Paradies.

Paradies ... dat Woord ... de Duft ...
sweevt as`n Fedder dör de Luft.
Dat weer keen Goorn, dat weer`n Droom.
`n goden Fründ weer jedeen Boom.
Appel, Druuv un Plumm un Beer,
se tööv all op den Verzehr.
De Nachtwind süng een in den Sloop.
De Kokosnööt plück een de Oop.
Dat geev keen Seien, geev keen Plögen,
geev noog Sünn un ok noog Regen,
geev keen Küll un geev keen Snee,
un dat wuß un gröön un blöh.
So`n Leven weer`n reine Freid,
un allns harr sien Richtigkeit.

Man jüst bi de besten Soken
gifft dat meist`n lütten Hoken:

Dor stunn merrn op de Wisch
as`n Bloomputt op`n Disch

de Erkenntnisappelboom.
De dor Boom harr wat to doon
mit dat Gode un dat Slechte,
dat Verkehrte un dat Rechte.
Sien Appeln weern so wunnerschöön,
dat Woter leep een mang de Tähn.
Loot joon Finger vun de Appeln,
ok wenn`t jökt dorno to grabbeln!
sä Gottvadder. He wull pröven,
kunn he een Menschenword ok glöven,
un of sien Mensch mol af un an,
wenn`t nödig deiht, verzichen kann.
Un de Twee gelöövt em dat.
Geev anner Bööm. Geev Appeln satt.

Den Mensch mutt ik in´t Oog beholn.
He hett noch veel to lehrn.
Gifft sik as`n unklook Fohln
un bruukt de Hand vun`n Herrn,
sä Gottvadder. Un dorno
deel he Roh un Arbeid to.

De Mensch de kreeg den sövten Dag,
denn kunn he sik besinnen.
Dat sövte Johr weer för de Brach,
dat Land mol Utspann günnen.

Den Winter dör kunn sik dat Gröön
utrohn för dat niege Blöhn.
De Deerten nehm sik sülms de Roh,
wenn`t jüst passen dä, un so
harr jedeen sien Paß kregen.
Un Gottvadder geev den Segen.

Man schall sien eegen Wark vertruun.
Ik will mol op den Menschen buun.
Ik geev em Kopp, ik geev em Hart.
Nu mööt wi sehn, wat dorut ward,
dach Gottvadder un mook Roh,
denn dat stunn em je wull to.

Mit dat Gröffste weer he trecht.
Nu güng sien Welt ehrn egen Weg.
Sowiet weer allns in`e Reeg.
Ok de Mensch weer fein toweg,
harr keen Sorgen, harr keen Noot
un keen Last mit dääglich Broot,
keen Plackeree, bruukt nix betohlen:
In`t Paradies weer`t uttoholn.
Un so weer dat je wull bleven,
harr`t den Erkenntnisboom nich geven.

Dat wi uns Paradies verlorn
malöör denn an een Sünndagmorrn,
as bi plummenhoge Luft
de Erkenntnisappelduft
liek in Evas Nees rinsteeg,
dat se Lust op Appeln kreeg,
no de verboden Früchten schuul,
denn se weer`n groot Slickermuul.
Se streek so`n Appel mit de Hann ...
un dach bi sik: He kiekt mi an ...
as wull he seggen: ik bün so sööt ...
do keem de Slang ehr in de Mööt,
reckt den gnietschen Kopp un sä:
Ik plück em af, weer`k an dien Stee.
Sowiet ik mi besinnen do,
sä Gottvadder: Laat dat no!
anter Eva ehr dorop.
Nee, sä de Slang nu un schüttkopp:
Dat hett Gottvadder nich so meent.
Een Appel hebbt ji wull verdeent.
Dat lücht Eva denn ok in,
plück den Appel un beet rin.
Ehr Adam kreeg den Rest,
un dat smeckt em allerbest.
Achterran harrn`s dat Geföhl
as leeg`n Steen op jemehr Seel.

Gottvadder sä benaut:
Un ik heff jüm doch warschaut.
Ji hebbt nich höört, un ji hebbt fehlt.
Ji hebbt dat Paradies verspeelt.
Vun hüüt an leevt ji mit de Sünd
un mit dat, wat dorno kümmt.

Du, Adam, schallst för`t Eten,
joon dääglich Broot, vun nu an sweeten.
Wullt du aarnen, mußt du seien,
mit dien Hann de Eer opklein.

Du, Eva, kriggst blot ünner
veel Wehdog all dien Kinner.
Joon Levenstiet sett ik`n Enn.
An een Dag, den ik benenn,
holt jüm de Dood. Ik nehm de Seel.
Den Liev geev ik de Eer as Deel.

As`t so is bi männig Soken:
Op eenmol ward de Mensch je woken,
weet, wat goot is un wat slecht
un wat unrecht is un recht.
Dat Malöör dorbi is blot:
De dor Insicht kummt meist loot.

So`n Leven is ohn Paradies,
dat wöör de Mensch je ok bald wies,
Schinneree, un op de Duur
full en dat je bannig suur.
He dä denn, wat de Mensch doon kann,
plack sik af un keem vöran.
Huus un Hoff de kregen Schick.
Blot mit ehr Söhns harrn se keen Glück:
De Broder slöög den Broder dood.
Un op de Welt keem nu dat Bloot.
So füng dat an. Un siet do
treckt een Sünd de anner no.

De Kinner kriegen Kinner
un de Kinneskinner Kinner,
un so warrn dat jümmer mehr
Menschen op Gottvadders Eer.
Un mehr ward ok dat Lögen,
dat Dootslahn un Bedregen.

Mien Mensch geiht den verkehrten Weg,
weer Gottvadders Överlegg.
Ik geev em Lien un heff em schoont,
un dat hett he mi slimm lohnt.
Ik geev de Eer in Menschenhand,
un nu regeert de Unverstand.

Weer anners dacht un meent,
hett mien Schöpfung nich verdeent.
Wat ik sehg, ward mi so suur,
dat ik mien eegen Wark beduur.

All wat leevt, will ik verdarven!
Mensch un Deert un Plant schall starven!
Blot fehlt de Mensch, denn fehlt mi wat,
denn weer mien Schöpfung för de Katt.
Se bruukt ehr Straaf: De Sintfloot kümmt!
Dat achteran mien Schöpfung stimmt,
söök ik mi nu Fro un Mann
un fang mit ehr vun vörn an.

Dor weet ik een, de mi vertruut,
de Noah heet un op mi buut.
He acht mien Wark, gifft mi de Ehr,
steiht mit beid Been op de Eer,
hett Överlegg, hett Schippsverstand,
anschlägschen Kopp un faste Hand.
Denn Kopp un Hand sünd een Gespann
as Kutscher un as Peerd.
De een, de gifft de Wegricht an,
de anner galoppeert.
Sien Fro, ok vun de gode Oort,
hett sik den rechten Sinn bewohrt.

Sien Söhns Jaffet, Ham un Sem,
bruuk ik för niege Menschenstämm.
Ok ehr Froons sünd all dree
fromm un flietig, as ik sehg.
Ik will düsse Lüüd vertruun,
mol op de betern Menschen buun.
Ward Tiet, dat ik ool Noah verklor,
woans ik em för`n Dood bewohr.

Bi Merrnacht rüm, so`n lütt bet vör,
woor Noah woken, denn he hör
Gottvadders Stimm in sien een Ohr.
Noah, sä he, hool di klor!
Ik bring de Manndränk över`t Land,
un de fritt Mensch un Deert un Plant.
So hoog stiggt de groote Floot,
dat sülms de Bargen ünnergoht.
Du un wat to di hörn deiht,
will ik redden, wenn dat geiht.
Nu mark di, wat ik segg.
Dorto gifft dat blot een Weg:
Du buust nu för dien ganze Sipp
de Arche Noah, so`n stäbig Schipp.
Dreehunnert Ellen lang is noog,
föfftig breet un dörtig hoog.

Ut Krummholt sett de Spanten,
ut Zeddernholt de Planken.
Un vergeet ni dat Kalfoten!
Keen Plank döß Woter loten,
denn du nimmst Passageers an Bord.
Wokeen, kriggst noch to hörn.
Treck dree Decks vun de faste Soort.
Buu Koomern in mit Döörn.
De Luuk middschipps mook pottendich´.
Worüm warst´ nöst verstohn.
Un vergeet de Gängway nich
to`n An- un Vunbordgohn.
Noch wat: Denk an Balken!
Du mußt dien Luk verschalken.
Wat nu kümmt is mi wichtig,
un ik bidd di, mook dat richtig:
Vun all mien Deerten, jedeen Oort,
nimmst du Mann un Fro an Bord.
Ik will, wenn dat Woter geiht,
dat wedder Leven wassen deiht!
Un nich den Proviant vergeten!
Wat leven schall, bruukt wat to eten.
Nu weest´ Bescheed wo`t lopen deiht,
un richt di no mien Wöör.
Dat is joon eenzig Mööglichkeit.
Un Noah sä: Wiß, Herr.

Den neegsten Fröh vör Dau un Dag
söcht Noah sik`n even Flag
för de Hellig, streckt den Kiel
dreehunnert Ellen, un middwiel
soogt sien Söhns de slanken
Zeddern op to Planken.
De Froonslüüd gungen överland
un sorgten för den Proviant.
Ni lang, denn woorn de Spanten sett
un denn Planken, Brett för Brett,
dree Decks no Gottvadders Sinn
un Koomern mit noog Döörn in.
De lüttje Luk keem neeg an`t Heck,
de Grootluk in dat Middeldeck.
Un denn güng`t an`t Kalfoten
vun all de Plankennohten.

Leew Herr, sä Noah, de Arch is buut,
süht as`n veerkant Hüttfatt ut
mit den Ünnerscheed villicht:
Uns Arch is woterdicht.

Op Gottvadder sien Verlangen
müß se nu Passageers infangen.
Wat krupen, lopen, fleegen dä,
vun allns wat un Stücker twee.

Dormit harrn se denn ehr Möög.
(Fang du mol so`n lüttje Fleeg!).
Leev Herr, sä Noah, wi hebbt allns richt.
Denn mook nu man de Luken dicht,
sä Gottvadder, bist `n Boos.
Un denn leet he sien Sintfloot loos.

Vun een Dag op den annern
gööt dat nu as ut Ammern.
Dag un Nacht un veertig Doog.
Dat Woter steeg so bannig hoog,
bit op Gottvadders ganze Eer
rundümto landünner weer.
Mensch un Deert un Plant vergüngen,
blot de Fisch nich (kunnen je swimmen).

Duur gorni lang, merrn in`e Nacht,
wöör Noah flott mit all sien Fracht.
He dümpel bald op hooge See,
un narmswo weer Land in Lee.
Geev noog to doon för Noahs Sipp:
fodern, börnen un Reinschipp.
Bi Dünung un bi Duurregen
weer de Seefohrt keen Vergnöögen,
denn ünner Deck in Düüstern
weern de Deerten an ramüüstern.

Dat bölkt un jiffelt, gnurr un piep,
blarrt un kreiht un snoof un jiep.
Bi soveel Veehtüch, Zipp un Bock,
stünk`t duller as in`t Höhnerhock.
Wo veel freten, giff`t veel Mist,
de müß fröhmorrns ut de Kist.
Dat hölpt nix, se dän ehr Plicht.
Sünst kreeg Gottvadder se op Sicht,
denn sien genaue Order weer,
nöst ok jedeen Passageer
vun den Lööw bit to de Metten
heel un gesund an Land to setten.

So no hunnertföfftig Doog
meen Gottvadder, weer lang noog.
Dat Woter full, wöör langsom sieder ...
Noahs Arch dreev suutje wieder …
Denn duur dat noch `n lüttje Wiel ...
un denn gnirsch dat ünnern Kiel!
Noah seet nu mit sien Arch
op den Ararat (Dat is`n Barg).
Hauptsook is, wi hebbt nu Grund,
dat harr slimmer drepen kunnt,
sä ool Noah ganz tofreden,
un nu wüllt wi eerstmol beden.

Bald keem Barg üm Barg ut Woter.
No veertig Doog (villicht ok loter),
weer Fröhstückstiet un Noah meen:
Ik schick den Raav, sik ümtosehn.
De flöög so`n beten hen un her,
freu sik, dat he buten weer
un leet gornix vun sik höörn.
Wat ool Noah meist vertöörn.
Op de Duuv weer mehr Verloot.
Se flöög los, keek no de Floot,
keem gau trüch un dat bedüüd:
Dat Woter weer noch nich ganz sied.
Keen Flag, sik to verpedden.
Keen Stee, sik doltosetten.
Wi mööt wull noch wat töven,
sä Noah. Un no söven
Doog so üm de Meddagstünn
schick he de Duuv noch mol op Künn,
un as se trüch keem, bröch de Witt
een Ölboomblatt in`n Snobel mit.
Noah sä: Dat Blatt is natt.
Beter is, wi töövt noch wat.
Un nu harrn se nochmol söven
Doog sik in Gedüür to öven.
Denn mookt de Duuv ehr letzte Tuur,
blot düttmol keem se nich retuur.

Do mellt sik in Noahs Ohr
Gottvadders Stimm: De Tiet is dor.
Dat Land steiht dröög. Nu boot man ut.
Un Noah sett de Gängway rut.
Weer höögste Tiet, denn allns jank
no frische Luft bi den Gestank.
Mit de Vogels harrn se`t licht,
de flögen af un weern ut Sicht.
Mit dat Gedeert, mit Lütt un Groot,
harrn se denn ehr leeve Noot.
De Grooten woorn toeers rutsett,
dat se de Lütten nich doodpett.
Dat Bargdolgohn weer ehr Sook
(Steiht nix vun in`t Hillig Book).
Eendoon, wi nehmt mol an,
se keemen allsamt neern an.
Knapp weer Noah op even Eer,
richt he glieks den Altar her,
slacht `n Schaapsbock un sä: So,
nu dankt wi Gott. Hebbt Grund dorto.

Gottvadder sä: Dat deiht mi weh,
wenn ik mien Eer so nakelt sehg.
Blot wiel de Mensch nich goot doon kann,
dä ik mien ganz Wark wat an.

Wat ik mien Wark do, do ik mi,
un dat Allerslimmst dorbi:
Ik schöpf den Mensch so as he is,
un dat mit all sien Grilln.
Ik geev em ok, soveel is wiß,
dorto den frien Willn,
un de deiht, mark ik al,
wat he will – nich wat he schall.
Ik much, solang mien Welt sik dreiht,
keen Sintfloot mehr op Eern.
De Mensch mutt ut sien Fehler lehrn.
Weer to sien besten, wenn he`t dä.

Dat weer goot meent. Avers nee,
den Raat sleiht de Mensch in´n Wind.
Hochmödig, as de Menschen sünd,
sett se sik in ehrn Kopp:
Nu langt wi to`n Heven ropp!
Un mit veel Rabackeri
sünd`s mit dusend Mann dorbi
un pett Tegel. De ward brennt.
Muurlüüd, de dor wat vun kennt,
schicht Steen op Steen un mit veel Sweet
buut se, wat Toorn to Babel heet.

Mien Mensch kriggt Grabben in sien Kopp,
sä Gottvadder, dat höllt op!
Noch höör de Heven mi alleen.
He joog de Menschen uteneen
no Ost un West, no Noord un Süüd,
in jede Richt. Un siet de Tiet
snackt de Oolen un de Jungen
op uns Eer mit soveel Tungen,
dat een den annern nich versteiht.
Bit hüüttodoogs.

De Tiet vergeiht,
Ut de Nacht ward Dag geborn,
un ut Dogen wassen Johrn.
De Kinner kriegen Kinner
un de Kinneskinner Kinner,
un so ward dat jümmer mehr
Menschen op Gottvadders Eer.
Un mehr ward ok dat Lögen,
dat Doodslahn un Bedreegen.

Denn keek Gottvadder wedder mol
vun boven op sien Eer hendol.
He wull no`n Rechten sehn,
wat de Menschen drieven dän.

He keek sik dat `n Tiet lang an,
schüttkopp un sä: Ik froog mi, wann
süht de Mensch, wat he sehn müß:
Dat he blot Deel vun`t Ganze is.
He find sien Maat nich, will toveel.
Plant un Deert bruukt ok ehrn Deel.
Hett he noog, will he noch mehr,
Gold un Goot un Macht un Ehr
un toletzt de Königskroon.
Denn sitt he op sien golden Thron
un kiekt vun düssen feinen Stohl
hochmöödig op dat Volk hendol.
He müß, seggt he, dat Volk regeern.
Dat Volk, seggt he, harr to pareern,
un sien Suldoten sorgt dorför,
dat de Lüüd pareern lehr.
Gifft dat Krieg, hett keen em wullt.
Jümmer sünd de annern schuld.
Denn schickt he sien Suldotens ut,
de mit Getrummel un Getuut
sik för ehrn König haut
(un de Verleerer ward beklaut):
Boven Thron un neern Tranen.
Un dat vun Gottes Gnaad.
De Mensch hett in mien Namen
för allns `n LÖög parat,

sä Gottvadder, un mi dücht
ward Tiet, dat he Geboden kriggt.

Man noch keem he nich sowiet,
denn in de Twüschentiet
leep in Ägypten wat verquer,
wo König Pharao regeer.
De dor Keerl dreev `n ganz slimm Speel
mit de Kinner Israel.

Un Gottvadder, de dat sehg,
nix över harr för Slaveree,
nehm de Sook sülms in`e Hand
un bröch Plagen över`t Land:
Poggen, Mücken, Käver, Müüs,
Hagel, Bladdern, Pest un Lüüs,
dat Pharao to Insicht keem
un vun den Quälkroom Afstand nehm.
Blot de woor Dag för Dag bedeent,
harr sik an Slaveree gewöhnt,
un as Mann mit veel Vermögen,
much he ok keen Finger rögen.
Annersiets: Geev he nich no,
seet he mit de Plagen to.
Weer`n Twickmöhl, düsse Laag.
Un eerst no de teihnte Plaag

geev de Pharao lütt bi
un leet (nich geern) de Slaven frie.
Dat Volk Israel trock froh
mit Sack un Pack no Oosten to.
De ool Moses gung vörut,
keek no de beste Wegstreck ut,
all den annern, Kind, Fro, Mann,
stevelten achter Moses ran.
Sowiet dat.

Man twüschendör
güng veel in Ägypten vör.
Revoluzzers, lütt un groot,
lepen op un dool de Stroot,
droht mit de Füüst un schregen:
Keen schall seien? Un keen schall plögen?
Stroten fegen? Tegel petten?
Un dien Pyramiden setten?
Loot di wat infallen, gode Mann,
schaff uns Slaven wedder ran!

Un also sä de Pharao:
wenn dat so is, hölpt´ nix to.
Suldoten op de Peer!
Mit de Nees no`t rode Meer!

Holt de Slaven wedder trüch!
Süns danzt de Pietsch op joen Rüch.
Un de Suldotens störm hittkopp
achterno in vull Galopp.

Gottvadder sä: kummt mi so vör,
as keem Moses to Malöör.
De Ägypter op de Hacken
un vörut de Woterplacken
vun`t rode Meer. Dat geiht nich goot.
Gifft keen Schipp, keen Brüch, keen Boot,
keen Fährmann to`n `Hol över!´.
De armen Lüüd find´ keen Weg röver.
Man hölp ik een ut Noot,
is dat den annern Dood.
Ok de Allmacht is`n Last,
wenn du den Dood afwägen schallst,
dach Gottvadder. Achterno
fluster he den Moses to:
Mien Söhn nu heev dien rechte Hand,
denn kriggst`n Weg to anner Kant.

Moses dä dat, un glieks suust
de Luft, dat Woter bruust.
Een Störm ut Noord un een ut Süüd
schaven Woter an de Siet,

un wo vördem dat blank Natt
geev dat nu `n drögen Padd.
Twüschen hooge Wotermuurn,
de to beide Sieden luurn,
trock dat Volk Israel dröögfoot
no anner Siet in´t Morrnroot.
Mit Schild un Speer un Peerd un Mann
joogt de Ägypter achteran.
As Israels Kinner dröben weern
un de Ägypter in`e Merrn,
hör Moses an de Woterkant
Gottvadders Stimm: Hoog mit dien Hand!
Denn güng dat op de sülve Oort:
Wedder Störms ut Süüd un Noord.
Dat Woter keem, dat Woter bruus,
un de Ägypter, Mann un Muus,
versopen all in`t Rode Meer
mitsamt Schild un Peer un Speer.
(Keen Mensch weet noch an welke Stee)

Moses´ Lüüd fulln op de Knee,
um den Herrgott luud un liesen
recht vun Harten lobtopriesen,
bit Moses sä: Wi mööt vöran,
lang is de Weg no Kanaan.

De Weg weer lang un aasig swoor,
woorn de Lüüd ok bald gewohr.
`n Dutten Steen un noch mehr Sand,
Hitten, Sweet un utdröögt Land,
Hunger, Döst un knapp an Broot
un keen Beek, keen Born, keen Soot.
Quarken, Quäsen, Striet un Larm,
dat Gottvadder sik erbarm
un hölp ehr ut de Noot.
He mook den Morrndau to Broot,
leet Woter ut een Steen rutquelln
(Wovun de Lüüd noch hüüt vertellen).
Un so dä Gottvadder veel
för sien Kinner Israel.

Een goden Dags, se lagert bi
den dorn Barg, den Sinai,
weer Merrnnacht, de Heven kloor,
do fluster Gott in Moses´ Ohr:
Goh op den Barg ganz boven ropp,
heff di wat to bestelln.
Schriev mien Wöör fast in dien Kopp.
De schüllt vun nu an gelln.

Mien eerst Gebot
Ik bün Herrn un Gott för di.
Keen annern schallst du löven.
Dat du büst, dat dankst du mi.
Un doran musst du glöven.

Un dat bedüüd
Op mien Eer büst du blot Gast,
weetst nich, wohen du geihst,
findst keen´ Weg, hest keen Holfast,
wenn du nich glöven deihst.

Mien tweet Gebot
Ik will mien Gottsnoom narmswo
lichtfardig vun di hörn.
Dat steiht di as Mensch nich to,
hest em to respekteern.

Un dat bedüüd
Gott is allns. De Mensch blot Eer.
Den Herrn Noom is hillig.
Dorüm geev em ok de Ehr,
dat büst du em schüllig.

Mien drütt Gebot
Dat du mi den Fierdag höllst!
Söß Doog hest du för di,
dat du dien eegen Sook bestellst.
De sövte Dag hört mi.

Un dat bedüüd
Dat de Mensch mol, wat mi freit,
sien Herrgott hartlich dankt,
sik op em besinnen deiht,
is nich toveel verlangt.

Mien veert Gebot
Du schallst Vadder, Mudder ehrn.
Hebbt dat goot mit di meent.
Laat se in Roh ehr Broot vertehrn.
Se hebbt di lang noog deent.

Un dat bedüüd
Wenn de Mensch sien Ooln ehrt,
fallt dat op em torüch,
holt em de eegen Kinner wert,
hett he den krummen Rüch.

Mien föfft Gebot
Wohr dat Leven! Slaa nich dood!
Dorto hest du keen Recht.
Mien Order gellt för Lütt un Groot:
För König un för Knecht.

Un dat bedüüd
Murd un Doodslag lied ik nich.
Ik geev den Mensch dat Sien.
Mien Sook is dat letzt Gerich´.
Un ok de Dood is mien.

Mien sößt Gebot
Hol di an dien eegen Fro
un nehm ehr nich de Ehr.
Hol ehr wert un wees ehr troo.
Datsülve gellt för ehr

Un dat bedüüd
Ik geev de Leev. Geev liekerveel
an beid, an Fro un Mann.
Versludert nich den besten Deel,
denn duurt de Schöpfung an.

Mien sövt Gebot
Verlang nich no anner Goot.
Du hest dien eegen Kroom.
Un grabsch nich mit smeerig Poot
no frömdet Eegendoom.

Un dat bedüüd
Hest du dien, de anner sien,
hett jedeneen sien Deel.
Hool di an dat Mien un Dien.
Geef af, hest du toveel.

Mien acht Gebot
Legg keen falsch Tügnis af un bliev
ehrbohr un wohrhaftig.
För dat Recht mook dien Krüüz stief.
Un swöör nich lögenhaftig.

Un dat bedüüd
Keen achtertüsch de Löög utseit,
smitt anner Lüüd wat no,
sluusohrig an de Wohrheit dreiht,
kümmt een Doogs sülvst bito.

Mien negent Gebot
Ik will nich, dat du gieren schuulst
no dien Novers Eegen,
no sien Huus un Hoff lickmuulst.
Dat bringt di keen Segen.

Un dat bedüüd
Stoh dien Nover bi in Noot,
denn hebbt ji beid Gewinn.
Kriggt dat Unglück di mol foot,
steiht he ok för di in.

Mien teihnt Gebot
To Novers Goot hört de Beslag,
hört Fro un Knecht un Deern.
All wat ünner Novers Dack
hest du to respekteern.

Un dat bedüüd
Dat een doon. Dat anner loten.
Büst du in Twiefel wat?
In Lütten un in Groten
seggt mien Gebot: Do dat!

Sowiet mien Willn. Nu hebbt ji Plichten.
Bruukt sik blot dorno richten,
sä Gottvadder un steeg ünner
veel Blitz un veel Gedünner
ton Heven op.
Den annern Morrn
muß Moses dat sien Lüüd verklorn.
Weer nich ganz licht, un Moses meen:
Wi haut Gottvadders Wöör in Steen.
In uns Köpp geiht dat op Drift,
un wat schreven is, dat blifft.

Mit Dag un Nacht vergung de Tiet
un smeet Johr üm Johr bisiet.
De Kinner kriegen Kinner
un de Kinneskinner Kinner,
un so ward dat jümmer mehr
Menschen op Gottvadders Eer.
Un mehr ward ok dat Lögen,
dat Doodslahn un Bedreegen.

Denn keek Gottvadder wedder mol
vun boven op sien Eer hendol.
He wull no`n Rechten sehn,
un wat de Menschen drieven dän.

Wat he sehg, mookt em Verdreet.
Dat de Mensch sien Gott vergeet,
weer em nix Nies.
Nu woor he wies,
sien Mensch danz in`e Morrnsünn
üm so`n golden Kalv rundüm,
un dorbi schregen allemann:
Dat blanke Gold beed wi nu an!
Düsse Gott, de gellt uns mehr,
un em geevt wi nu de Ehr.

Gottvadder weer benaut un sä:
Dat sett se nu an mien Stee!
Gold mookt giern un nich satt.
Hett keen Bodden, dat dor Fatt.
Un mi swaant, de Gier no Gold
ward bald mit Menschenbloot betohlt.

Üm mien Eer steiht dat heel slimm,
kümmt to den Grips nich de Vernimm.
Sien Geboden, ehr Geweten
harrn de Menschen lang vergeten.
Un wat kunn ehr veel passeern,
weer keen dor to`n Kuntrolleern.
No den Mensch sien Överlegg
weer de Herrgott wiet noog weg.

Man de Herrgott is nich wiet.
He kiekt no nerrn dol un süht,
dat sien Memsch de Schöpfung schänd,
blot wiel he keen Maat mehr kennt.

Denn sä Gottvadder liesen:
De Tokunft ward em`t wiesen.
He minacht, wat ik em geev,
hett keen Erbarmen, hett keen Leev,
nich mit Woter, nich mit Land,
nich mit Broder, Deert un Plant,
nich mit sien Herrgott, mit de Eer.
Un he weer nich, wenn ik nich weer.
Steerns un Sünn un Moon un Eer,
Ruum un Tiet, warrn, sien un weer -
de Waag is uttareert.
Un wenn he doran röhrt,
geiht een Schaal dol. Sien Tiet ward kott.
De Eer hett duusend Leven.
Is de Mensch ween, denn weet blot Gott:
Den Mensch hett dat mol geven ...

Jesus vun Nazareth

Een Stremel Weltgeschicht

Hüüt is jüm de Heiland boren.

Een Woort geiht üm de Welt.
Vör lang lang Tiet, tweedusend Johren
hett`n Engel uns dat mellt.

Sien Königsriek weer blot Gottslohn.
Sien Zepter weer de Leev.
De Freden weer sien Königsthron.
Un he nehm nich: He geev.

Wi nenn em Jesus, Gott sien Söhn.
Wi günnt em keen lang Leven,
bit Gott em wedder to sik nehm.
Dat Woort, dat Woort is bleven.

Dat Woort hett uns de Schrift bewohrt.
Jesus un sien Leven
hett de Mensch den Mensch verklort
un em uns weddergeven.
Vun Jesus ward jüm nu bericht –
is`n Stremel Weltgeschicht.

Kümmt sünst `n Königssöhn to Welt,
ward je wunner wat anstellt.
Denn ward jucheit, denn ward sik tiert,
eten, drunken, dree Doog fiert.
De Kanonen scheet Salut.
De Flaggen ward rutsett.
Vivat! Schriggt allns luud.
(De Dynastie is redd)
De Doomprobst kümmt as Karkenmann
mit veel Gottes Segen an.
Ministers, Vuns un Grafenlüüd
(mit Ordenssnall) mookt Kindsvisit,
kiekt ünnerdänigst in de Weeg,
denn stoht se stramm un löög:
Gans de König, op un dol.
Un dat Volk bangt weddermol:
Ward he denn ok so`n Schinner?
Se denkt je an ehr Kinner.

As Jesus keem, weer blanke Noot.
De Öllern arm un slicht.
Keen Salut. Keen Glocken goht.
Een Steern, de för em lücht.

Jüst üm de Tiet (ward vertellt)
weer de Kaiser knapp an Geld.
(Is keen Wunner. Dat Malöör
kümmt bi so`n Lüüd ofteens vör)
Un bi de Verlegenheit
ward de Stüürschruuv andreiht.
Dat em nösten keen Seel fehl,
geev August den Befehl,
dat jedeen Börger in sien Riek
(To Foot, to Peerd, dat weer em gliek)
sik in sien Heimatflaag begeev
un in`e Stüürlist inschreev.
(Is man eerst Kaiser, denn regeert
man över Meer un Land.
Weet ofteens nich, wat een allns hört:
Wiet langt so`n Kaiserhand.
Un versteken kannst´ di narms.
Mit Suldoten un Schandarms
kriggt he de Lüüd tofoten,
de Lütten un de Groten)

Josef, he weer Timmermann,
keem wietlöftig ut Davids Stamm,
harr in Nazareth sien Broot,
sünst keen Groschen op de Noht,
de mookt sik furts op den Padd
no Bethlehem, no Davids Stadt,
mit Maria, sien jung Wief
un dat Kind in ehrn Lief.

(Dat se Jungfro blieven müß
un hett en Kind utdrogen,
de Hillig Geist de Vadder is...
Glöven schallst´! Nich achterfrogen!)

Dat güng bargop, dat güng bargdol.
Un blot hen un wedder mol
an de Wegkant so`n lütt Rast
för Marias dubbelt Last.
Mööd de Been un mööd de Fööt.
Ok keen Waag keem in de Mööt,
de ehr`n Stück Weg mit sik nehm.
De Düsternis full in de Bööm.
Dat letzt Enn woor bannig swoor.
De eersten Hüüs... Nu weern se dor!

För de Nacht söcht se Quarteer
un klopp sik je vun Döör to Döör,
man open güng keeneen.
Un lütt Maria ween.
Geev keen Hüsung för de Armen.
Blot een Stall, de harr Erbarmen
un sparr gans wiet dat Door
för dat arm un footmööd Poor.
Un knapp weern se dorbinn´
keem Marias swore Stünn.

Een jung Wief. Dat eerste Kind.
Dör de Ritzen fleut de Wind.
Keen Dokter dor un keen Heefamm,
ok keen Winneln, de Luft klamm.
Geev keen Weeg, de dat Kind wipp.
Do lehn de Esel ehr sien Kripp.
(So keem de Heiland op de Welt.
Ward uns in`e Schrift vermellt)

Un as sik dat jüst dreep,
weern dree Scheper bi ehr Scheep
vör de Stadt op beste Weid,
denn dat Gras weer noch nich meiht.

Se smöök ehr Piep, un op`n Mol
sweevt Gotts Engel sacht hendol.
(So`n Engel, de vun boben sweevt,
harrn de dree noch nich beleevt)
Se fulln verbiestert op de Knee,
bit de Engel to ehr sä:
Weest nich bang, denn ik verkünn
groote Freid in düsse Stünn.
Noch is de Mensch nich gans verlorn:
Hüüt is jüm de Heiland boren!
Un he ward een Teken setten
den Mensch vör sik sülms redden.
In een Stall köönt ji em finnen.
Kiekt in`e Kripp. Dor liggt he binnen.

De Engel steeg to`n Heven op.
De Schepers slöög de Hann vör`n Kopp.
In`e Luft dor weer so`n Klingen
as wenn dusend Engel singen:
Gott in de Höög em geev de Ehr,
un den Freden günnt de Eer.
Noch vör den Liev bewohrt de Seel,
denn dat is joon besten Deel.

Is meist toveel för slichte Lüüd,
wenn man sowat hört un süht.

Wat de Engel ehr utricht´
kunn je wohr ween un ok nich.
Dat best weer wull, se mookt sik klook
in düsse sünnerliche Sook.
Un se funnen ok den Stall
samts Esel, Kripp un Öllernpoor.
Un in`e Kripp leeg krall
dat Kind. – Weer allns wohr.
Se fulln op Knee. Se löövt em luud.
Un denn schütt se ehr Harten ut.

De Eerste sä: Wi sünd arm Lüü´,
hebbt nix un köönt nix geven.
Jesus Christ, wi töövt op di!
Un op een beter Leven.

De Tweete sä: Un mook uns frie!
Wi mööt mit bögt Rüch leven.
Jesus Christ, wi höpt op di!
Wi wüllt Gott oprecht löven.

De Drütte sä: Stoh uns ok bi.
Wi Lütten goht sünst ünner.
Jesus Christ, vergeet uns ni!
Denn wi sünd ok Gotts Kinner.

De Schepers trocken över Land,
un mookt de feine Künn bekannt.
(Wenn de Mensch al Wunner süht,
hölpt dat nich – mutt ünner Lüüd)

Dat weer noch in de sülve Week,
dor kreeg de Stall noch mehr Besöök.
Dree klooke Lüüd vun`t Morrnland,
de harrn ehr Kamels anspannt
un keemen nu anstöven,
den niegen Herrn to löven.
Denn se harrn as klooke Lüüd
den Christussteern al richtig düüd:
De Königssöhn, wo wohnt he denn?
Froogt se in Jerusalem.

Herodes, de dunn König weer,
keem düss Konkurrenz verqueer.
Dat güng je üm sien Königsthron.
(Is bi Königs to verstohn:
Wenn een dat so komodig hett,
will he keen annern in sien Bett)
Un wiel he jüst keen Ehrenmann,
mookt he sik an de klook Lüüd ran,

dat se för em utspikeleer,
wo dat Kind to finnen weer.
He wull em as`n König ehrn,
sä he. Wat luder Lögen weern.
Denn he harr to düsse Stünn
al een Moord in`n Achtersinn.

De kloken Lüüd, de stegen op
ehr Kamels un in Galopp
den Barg hendol. Se harrn dat licht:
De Christussteern wies ehr de Richt.
Den helen Weg no Bethlehem
sweevt he vörut – un denn
bleev he blank an`n Heven stohn,
wo de nieborn König wohn.

Se wunnert sik. Weer dat de Oort?
Keen Wach dor un keen isern Poort?
Geev keen Borg un geev keen Slott.
Nix tügt vun Pracht un Stolt.
Een Stall stunn dor, windscheef un rott.
De Steern hett em vergoldt.
He mookt den Stall to`n Königsslott,
versülvert Povertee.
In een Kripp de Söhn vun Gott.
Un se böög Kopp un Knee.

Un as sik dat för klook Lüüd hör,
sän se denn ok klooke Wöör.

De Witte sä: De Menschen meen,
blot Geld regeert de Welt.
Sodennig ward ehr Hart to Steen.
Se vergeet, wat noch mehr gellt:
Keen veel hett, kann veel geven.
Denn *dat* tellt för den Heven.
Lütt Herr, dat schullst´ bedenken!
Ik will di blank Gold schenken.

De Bruune sä: Un Mann un Wief
gellt för Gott liekerveel.
All beid hebbt den Eerdenlief
un all beid hebbt de Seel.
De Lief, de will blot leven.
De Seel, de söcht den Heven.
Lütt Herr, dat schullst´ bedenken!
Ik will di Weihrauch schenken.

De Swatte sä: Dat Menschenleven
hett as Broder ok den Dood.
Un dat Nehmen un dat Geven.
Dat Mitleed hett de Noot.

Un to de Freid hört Lieden:
Gifft hell un düüster Sieden.
Lütt Herr, dat schullst´ bedenken!
Ik will di Myrrhe schenken.

Un no düsse goot meent Wöör
güng dat trüchlings an de Döör.
Se böög den Kopp, se böög de Knee.
Visit to Enn. – De kloken Dree
söcht för de Nacht Quarteer.
(Wat för Geldlüüd eenfach weer)

Gottvadder (De meist allns weet)
wüß mit Herodes´ Ploon bescheed.
Merrnnacht sä he in`n Droom to een:
Goht nich no Jerusalem!
Seggt keen Woort to Herodes!
Vun den Mann kümmt nix Godes.
Sehgt jüm vör! Bruukt joon Verstand!
Nehmt `n annern Weg in`t Morrnland.
Un de kloken Lüüd, de hör
stantepee je op Gotts Wöör.

Schull sien Plon wahrachtig glücken,
harr he noch wat to beschicken.

Een vun sien Engel (ok in`n Droom)
geev denn Josef to verstohn:
Mook, dat du no Ägypten kümmst
mit Fro un Kind! Denn sünst
kriggt di Herodes foot.
He söcht dat Kind un will sien Dood.
Dor sünd ji op de seker Siet,
denn sien Arm langt nich so wiet.
Un eerst, wenn ik *gans* wiß weet,
de Luft is rein, geev ik Bescheed.

Josef (He harr nich veel Pack)
smeet sien Plünnen op de Nack.
Maria nehm dat Kind un so
güng`t queerbeet op Ägypten to.
(Gotts Söhn woor redd. Gevadder Dood
kreeg nu anner Kinner foot)

Herodes weer je bös vergrellt,
denn sien Spionen harrn nich mellt,
wo he dat Kind söken schull,
dat he ut`n Weg hebben wull.
Un denn keem em in den Sinn:
Bring ik all lütt Kinner üm.
Krieg ik no mien Överlegg
mien gröttste Sorg wull ut`n Weg.

Huus bi Huus un Stroot bi Stroot,
an jedeen Döör klopp nu de Dood.

(För Blootarbeid harr he sien Lüüd.
So is dat Mood bit in uns Tiet.
Regeert Gewalt eerst unse Welt,
denn warrn de Tranen nich mehr tellt)

No Johr un Dag weer`t denn so wiet:
För Herodes keem de Tiet,
un he müß sien Sünnen op Eern
nu vör Gott verdeffendeern.
Se weern noch bit Balsameern.
Do leet Gotts Engel vun sik höörn:
Josef, sä he, allns in`t Loot.
Ji köönt no Huus. Nu is he dood.
Un se weern vun Harten froh.
Güng je op de Heimaat to,
so gau as`t güng no Nazareth,
wo Josef Broot un Arbeid hett.
Dör Bethlehem weih noch de Noot.
Un in de Hüüs de Ruch vun Bloot...

De Welt is liekers wiedergohn,
un de Tiet bleev ok nich stohn.

Jesus wuß, un woor ok
för sien Johrn unbannig klook.
Dat weer meist keen Wunner, denn
Gottvadder harr `n Oog op em.
Johr för Johr, wenn Ostern keem,
reist se no Jerusalem
(fromm to Sinn in`n Sünndagsstaat),
üm Gott to danken för sien Gnaad.

Mit twölf Johrn (dat will wat heten!)
hett Jesus al in`n Tempel seten,
sik den Preestersnack anhöört
un denn mit ehr fix diskereet.
Sien Moder weer dat gorni recht.
Wo büst du ween? Wi hebbt di söcht.
In Vadders Huus, anter de Söhn.
As kunn he *narms* anners ween.

Poor Johr dorno (De Johrn lepen)
leet he sik vun Johannes döpen
mit dree Handvull Jordanwoter.
Achteran (`n knapp Week loter)
weer he in`e Wüst to finnen.
Dor kunn he sik wat besinnen.

Un in`e Wüst mank Sand un Hitten
kreeg em de Düwel bi`n Slawitten.
Dreemol hett he em versöcht,
un jedeen Middel weer em recht.

De Düwel sä: Gotts Söhn is groot.
Kunnst mi`n Proov vun geven.
Dor liggt `n Steen. Mook em to Broot.
Wenn`t geiht, will ik di löben.

Man Jesus sä: Dat Broot alleen
langt nich för`t Menschenleven.
Denn ohn Gotts Wöör kann keen Mensch ween.
Sodennig steiht dat schreven.

Weer op`n Barg. De Düwel sä:
Allns, wat man rundüm sehn kann,
den Wald, dat Koorn, de Hüüs, de See –
ward allns dien, beeds du mi an.

Man Jesus sä: Behool den Kroom.
Nich eerden Goot schallst´ löben.
Segg dien Gebeed in Gottes Noom
un deen em dien gans Leven.

Op´t Karkendack de Düwel sä:
Spring dol! Kann nix malöörn.
Gott schickt di twee Engel. De
sweevt mit di sacht no nerrn.

Man Jesus sä: Steiht ok, du schallst
dien Herrgott nich versöken.
Hol di an sien Geboden fast,
denn kannst du op em reken.

De Düwel suus to Höll hendol,
dach wull: Versöök `n annermol.
(Dagdääglich ward de Mensch versöcht.
Dat Unrecht will op Stroot.
Em achterno hinkt meist dat Recht,
is ofteens slecht to Foot.
De Düwel, de blangbi di steiht,
he weet üm de Geboden
man ok, woans man ehr ümgeiht.
Swoor is de Weg to`n Goden...)

Jesus preester krüüz un queer
dör Galiläa mit sien Lehr.
No Nazareth, Kapernaum,
dör Stadt un Land, sowiet he kunn.

Toletzt ok no Jerusalem,
wo he sik an den Preester wenn.

Un he hett swore Tieden kennt.
De Römer harrn dat Regiment,
bito de Judenkönig. –
Un all beid weern sik eenig,
am besten leet sik je regeern,
wenn ehr Pött vull Stüürn weern.
All beid langt nu düchtig to,
un de bleek Noot krööp achterno.

Dat Land harr noch as frömme Gäst
ok veel Suldoten in`e Köst.
Un dat kost Geld. Dat Volk blööd ut.
Zeloten woorn ok noch luud.
De riek Mann harr je Eten satt.
(Wat nobleev kregen Hund un Katt)
De arme Mann harr knapp dröög Broot.
Veel Wittfroon leev in bitter Noot.
De Scheer, de twüschen arm un riek,
sparrt dat Muul op, drakengliek.
(Riekdoom kann de Stüürn drücken.
Armoot betohlt un mutt sik bücken.
Un denn schriggt dat Lieden
luudhals no beter Tieden)

Wenn Jesus preester keemen de Lüüd,
em to hörn, vun neeg un wiet.
Jung un old un Mann un Fro
un sülms de Kinner ström´ em to.
Weern tomeist de armen Lüüd,
för de sien Lehr wat Licht bedüüd.
He geev ehr Hööp. De Hööp mookt Moot,
as geev`t `n Utweg ut de Noot.
Gott, sä he, un dat is wohr,
is för all de Menschen dor.
Doot Buß! Sien Riek dat kümmt,
wenn sik de Mensch op em besinnt.

So preestern kann sünst keen.
He mutt de Messias ween!
Sään de Lüüd. Opt`t beter Leven
bruukt wi nich mehr lang to töven.

Een goden Dags fisch mol twee Bööt
op den See Genezareth.
De Fischer hol ehr Netten in.
Se harrn keen Glück: Weer keen Steert binn.
Un se schippern truern an Land.
Do wink ehr Jesus mit de Hand.
He sä: Versöök nochmol `n Pull,
denn kriegt ji wiß de Netten vull.

Petrus, den een Boot tohöör,
meen: Ik seh keen Schangs dorför.
Jesus anter: Kannst mi glöven.
Petrus sä: Wi köönt je pröven.
Se dreiht bi, fohrt wedder rut
un smeet nocheens de Netten ut.
Un as se ehr nu inholn dään,
weern se meist so swoor as Steen,
de Trossen as`n Brett so stief,
de Fisch, de drengt sik Liev an Liev,
un denn swabb de sülver Floot
as`n Störtsee in dat Boot,
un dat sack weg bit an den Rand.
Se keemen blot mit Möög an Land.

Meister, du kannst Wunner doon,
sä Petrus, ik will mit di gohn.
Wohen de Reis ok jümmer geiht,
nu hest du een, de to di steiht.
Jesus anter: Denn loot dien Boot.
De Menschen kriegt wi anners foot.
Uns Nett is preestern, diskereern,
un wi fangt ehr mit uns Lehrn.
Denn nehm he gliek den Fischermann
as sien eersten Jünger an.

Andrees, sien Broder, keem dorto
as Nummer twee. Un achterno
vun`t anner Boot keem`n noch miteens
den Zebedäus beide Söhns.
Een heet Jehann un een Jakob.
Nu harr Jesus veer tohoop,
un denn kreeg he no un no
to sien veer noch acht dorto.
Nu weern dat twölf. Dat Dutz weer vull,
so dat he as Profet wat gull.

Un denn schick he ehr mit Gotts Wöör
vun Dörp to Dörp, vun Döör to Döör.
Keen Geld nehmt mit un keen Kledaasch.
Goht to Foot un ohn Bagaasch.
Kloppt ji arm an arm Manns Döör,
lehnt he sien Ohr för de Lehr
un mit de Ohrn ok dat Hart,
wo dat sien Leevdag opwohrt ward.
Dorto gifft he noch sien best Goot:
`n Sluck rein Woter un dröög Broot.
Un de Knechens roopt ji to,
de ünnert Joch böögt goht:
Nehmt de Lehr an! Ji findt Roh,
op dat jo oprecht stoht.

Ohn Gewalt ward ji opricht,
un joon Last, ji dreegt se licht.
Un *noch* wat sä he to de Twölf:
Ji koomt as Scheep oft ünner Wölf.
Kann ok de Liev verdarven,
de Seel, de kann nich starven!
Un goht in Freden,
üm Gott Ehr to verbreden.

Bi een Wunner is`t nich bleven.
(Gifft toveel Lüüd, de dor op töven)
Jesus kümmt! He mookt gesund!
Geiht de Künn vun Mund to Mund.
Un de Kröpel un de Krummen
un de Stiefen un de Stummen,
de Mensch in all sien Jammer keem,
dat he em dat Lieden nehm.
Kannst du hölpen, Herr, dat froog
de kranke Liev un dat blind Oog.
Jesus streek ehr övern Kopp:
Un de krank Liev stunn kregel op,
dat blinde Oog kunn wedder sehn,
de Kröpel keem fix op den Been,
un sülms de Doden mookt he wook.
(Wenn du di froogst, düs Wunnersook,

is de wahrachtig wesen?
In`t Hillig Book kannst dat nolesen.
De Gloov de schafft, wat sünst nich geiht.
He is dien besten Fründ.
Wenn man fast an wat glöven deiht,
mag wenn, dat Wunner kümmt...)

Wat nu kümmt, kannst´ nich licht verdaun,
hest du düchtig an to kauen.
Sülms Preesters (De sünst veel verstoht),
kriegt den Achtersinn swoor foot.
Weer op een Barg (Man weet nich wo),
sien twölf Jünger rundümto,
dat Flaag vull Lüüd, sien Stimm to hörn
(mehr as in`e Kark weern),
as Jesus noch to loote Stünn
den Menschen düsse Wöör verkünn:

Selig is, de arm in`n Geist,
is een, de in Gotts Heven reist.

Selig is, de lieden mutt,
denn Gotts Trost gliekt allns ut.

Selig is, de hungern deiht
no Wohrheit un Gerechtigkeit.

He kann nich op den Menschen buun,
mutt op Gotts Gebot vertruun.

Selig, de barmhartig is.
Fallt op em trüch, un dat is wiß.

Selig, de no Freden streevt
un mit sien Welt in Freden leevt.
Un wenn he den Weg finnt,
nimmt Gott em as sien Kind.

Selig is dat reine Hart,
wiel dat den Herrgott sehn ward.

Selig is, de Unrecht litt.
Gott nimmt em in`n Heven mit.

Dat weern Jesus´ golln Wöör
as Slötel to de Hevensdöör.

(Blot arm in´n Geist... Wat hett he meent?
Dat se Gott mit Harten deent?
Dat se sik mit Twiefel ploogt?
Un de klook Geist em achterfroogt?)

Noch wat, sä Jesus, köönt ji glöven,
denn dat hölpt för`t ehrlich Leven:

Wenn ji biddt, ward Gott jüm geven.
Wenn ji söökt, finnt ji to Gott.
Kloppt ji an, bruukt ji nich töven,
hett sien Döör för jüm keen Slott.
De Poort to Höll is wiet opsparrt,
de Weg to`n Heven small.

As ik den Düwel kenn, he narrt
den Menschen överall.
Dat Best, steiht fast, dat is de Leev,
de Gott den Mensch to egen geev.
De Leev to em, to Deert un Plant,
to den Neegsten un to`t Land.

De Leev to Gott, to`n Neegsten tellt,
is, wat uns Welt tosomenhöllt.
Un nu wüllt wi beden,
dat hölpt de Seel to`n Freden:

Du – uns Vadder in`n Heven,
wi holt hillig dien Noom.
In dien Riek wüllt wi leven,
un dien Will wüllt wi doon
för`n Heven un nerrn
as dien Kinner op Eern.

Geev uns dat dääglich Broot, wenn`t geiht.
Vergeev uns, ward wi schüllig.
Den Menschen, de uns Unrecht deiht,
wüllt wi vergeven, willig.
Un bring uns nich in Versöök.
Stoh uns bi, denn wi sünd swack.
Ok wenn wi dat Goode söök,
sitt uns de Düwel in de Nack.
Dat Riek, de Kraft,
de Herrlichkeit
liggt in dien Macht
in Ewigkeit.
Armen

Weer dodenstill. De Lüüd benaut.
Harrn Jesus Wöör nich recht verdaut.
Wöör, so grantig as`n Dunner.
Un wat ehr noch mehr verwunner:
Dat sä een Timmermann sien Söhn.
Denn vun *ehr* Lüüd weer Jesus een.

Denn weer Jesus mol to Disch
bi`n Pharisäer. Dat geev Fisch.
De Mann harr wat in`n Achtersinn:
He meen, laadt he to`n Eten in,

un harr sien Gast denn een vull Moog,
kreeg he Antwoort, wenn he froog´.
De Fisch weer all bit op de Graden,
do keem een Gast, de weer nich laden
un keem ok noch to unpaß Stünn.
Weer een jung Wief, de leev in Sünn.
Se ween un ween: De Tranen flööt.
Mit ehr Tranen wusch se Jesus´ Fööt,
nehm dat Hoor un mook ehr dröög.
(Steiht allns in`t Book. Nich dat ik löög)
Un se salf em Foot üm Foot,
un se deen em in Demoot.
Den Pharisäer weer`t nich recht.
Dat Froonsmensch is veel to slecht,
sä he, de Meister veel to goot,
dat se sülms sien Fööt anfoot.
Jesus sä: Du denkst verkehrt,
markst nich, wat düs Fro uns lehrt:
Se hett dat Best, ehr Tranen geven.
Ehr ward jedeen Sünn vergeven.

Weer in`e Kark, wo je de Lüüd
wat in den Klingelbüdel smiet.
Un an`t Klötern kann man hörn,
wat riek un arm för Gott spendeern.

De riek Mensch smitt mit Sülvergeld,
twee Penn hett de arm Fro rintellt.
Un eerst buten vör de Döör
sä denn Jesus düsse Wöör:
De riek Mann, de dör Sülver pett,
markt nich mol, dat he geven hett.
De arme Fro mutt sik de dorn
twee Penn eerst mol vun`n Mund afsporn.
Gotts Waag, de vör den Heven steiht,
weegt af, wat sworer wegen deiht.

In Jerusalem keem eens een Mann
vun de Schriftutleggers an,
sä achtertüsch: Du gellst as klook,
weest Bescheed in Gott sien Sook.
Hest du nich för mi `n Raat
wat den Dood angeiht paraat?
Wat mutt ik doon för`t ewig Leven?
Jesus anter: Kann ik geven:
Steiht in`t Gesetz. Dor lees dat no.
Nu sä de Schriftutlegger: Jo,
dat weet ik ok, ik kenn den Deel:
Heff Gott leev mit Hart un Seel,
steiht dor un ok: Dien Neegst hol wert,
is een as du. So ward uns lehrt.

Un denn plier he Jesus an,
sä to em: Mien leeve Mann,
segg mi, keen mien Neegsten is.
Wenn du dat seggst, weet ik dat wiß.
Un Jesus anter em: Villicht
lehrst du dat ut mien Geschicht:

Do leev mol in Jerusalem
een Mann, den ik nich sülven kenn,
fromm un flietig, ünnerheel
so`n lütten Hannel mit Kaneel,
güng fröh ut Huus, denn he wull to
sien Süsterdeern no Jericho,
de in de Stadt verheirad weer.
He harr sünst keen Fründschop mehr.
Dree Weken wull he blieven
un bito bet Hannel drieven.
De Weg weer lang, de Sünn brenn hitt.
In een Wald, so in`e Midd,
kreeg em de Rover foot.
Se slögen em toeers halfdood,
nehm em Geld un Kleeder weg
un smeet em ohn lang Överlegg
as`n Sack an de Wegkant
splitternakelt op den Sand.

Dor leeg de arme Mensch un stöhn
in sien Qual, hööp dat een keem,
de Mitleed harr, em bistohn dä.
Een Preester keem un he
dreih den Kopp no anner Siet.
He wull dat Lied nich sehn.
Duur nich lang, keem een Levit.
De harr för Mitleed ok keen Tiet,
kneep beide Ogen to un meen,
güng em nix an, he harr nix sehn.
De Sünn stunn West, do keem een Mann
mitsams Pack un Esel an.
Prrr! Sä he, steeg af un knee
bi dat arm Stück Mensch. Un de
reet sien Hemd twei un verbunn
mit de Striep sacht jede Wunn,
bunn em op den Esel fast
un bröch nu düsse Jammerlast
dree Miel wieder to een Kroog.
Un dormit weer dat noch nich noog:
He geev den Weert wat Sülvergeld.
För Kost, sä he, un för Loschi.
Un wenn de Batzen nich noog tellt,
he keem noch mol vörbi.
Dat is een Samariter ween,
wiel he ut Samaria keem.

Giffst du dien Hemd un ok dien Geld
för den Neegsten her, dat tellt
för`t Ewig Leven, ward di ehrn.
Dat will mien Geschicht di lehrn,
sä Jesus un dorno
dreih he em de Rüchsiet to.

Annermol vertell he denn
vun riek un arm un vun ehr Enn:
Geev mol`n Mann, mutt ik vermelln,
de kunn sien Riekdoom nich mehr telln.
He harr blot dat een in`n Sinn:
dat *noch mehr,* den Togewinn!
As`n Kraak reck he de Arms,
steek *em* wat in de Ogen.
Vör em seker weer man narms.
Un wat he sä, weer logen.
He lehnt sien Geld ut to hoog Tins.
Un wenn de Lüüd in`t Unglück weern,
keem he fein rut un kunn tominst
ehr Huus un Hoff kasseern.
(Gifft männigeen, de to veel kümmt,
wiel he noog Tins vun anner nimmt)
Keen riek is, will dat ok geneten,
Rootspon drinken un fein eten.

De Disch weer vull, dor hett nix fehlt,
jedeen Beet mit Wien dolspölt.
So güng dat bi em alle Doog,
bit Gott meen, nu weer`t lang noog.
Een Morrn leeg he dood in`t Bett.
Wiel dat letzt Hemd keen Daschen hett,
keem, wat dorno komen müsst:
He güng as arm Mann in de Kist.
För de Arfschop geev`t keen Kinner,
un de König weer de Winner.
He sack allns (sams Togewinn!)
in de egen Daschen rin.
Un in`e Höll (bi groote Hitten)
müß de Riek sien Sünnen afsitten.
Ehr kümmt `n Kamel dör`t Nadelöhr,
as`n riek Mann dör de Hevensdöör,
sä Jesus. Nu de anner Siet:
Do leev to de sülve Tiet
een Mann, heet Lazarus mit Noom,
weer arm un kunn keen Arbeid doon,
denn he harr Swiensbuuln dicht an dicht
övern Liev un in`t Gesicht.
So leeg he denn in all sien Noot
bi den riek Mann vör de Döör,
gier dor no een lütt Stück Broot,
dat villicht över weer.

Dor weer nix över, nich för em.
Keen Kanten Broot, Nich mol`n lütt Enn.
Lazarus keem bald to Dood
liek in den Heven un harr`t goot.
Denn Gott vergull em geern
sien schettrig Tiet op Eern.
So, sä Jesus, güng dat ut.
De Lehr fischt sik man sülms rut.

.

Un denn vertell he noch een Stück
vun de Gier no Eerdenglück:
Geev mol`n Mensch, de leed keen Noot,
harr Land un Hüüs un Geld un Goot
un dorto ok noch twee Söhns.
Do sä de jüngst Söhn eens:
Vadder, ik koom mit een Bidd.
Geev mi man mien Arfdeel mit.
Betohl mi ut, un mit dat Geld
goh ik in de wiede Welt.
Wenn dat man goot geiht, Jung,
leeg den Vadder op de Tung.
He heel sik trüch un sä keen Woort,
un de Söhn güng ut de Poort.
In de Welt stünn`t nich to`n Besten.
Geev Wiever, Speel un Spoß.

He leet nix ut, wull allns utkösten
un weer bald sien Arfdeel los.
Den armen Mann smitt man bisiet.
Un denn kümmt de Hungertiet,
de Drööms vun Disch un Bett,
vull Pannen un vull Pött,
vun gode Tieden, as he satt.
Un nu harr he nich dröög nich natt.
Geev blot een Weg, een small letzt Brügg:
Dat Vadderhuus! De Weg torüch.
Vadder, sä he, hier steiht een,
de nich wert is, dien Söhn to ween,
arm as`n Bessenbinner,
dat Geld verdoon. Hier steiht`n Sünner.
Lot mi blieven as dien Knecht.
Blot blieven! Mi is allns recht.
De Vadder sä: Koom an mien Hart.
De wiede Welt, de hett di narrt.
Hauptsook is, wi hebbt di trüch.
He slacht`n Kalf, geev em nieg Tüch,
un de verlorn Söhn woor fiert.
Dat hett den öllsten Söhn bös piert.
Vadder, sä he, för so een?
Is dat gerecht? Mutt de Fier ween?
Ik heff Dag för Dag wuracht,
heff di deent un heff di acht.

Un nu mookst du för een dat Bett,
de dien Geld verplempert hett.
De Vadder sä: Hör to mien Söhn!
Ik harr twee Söhns. Denn blot noch een.
Een Söhn güng sien egen Stroot
un leet nix hörn. Weer mien Söhn dood?
He keem arm un slaan torüch
mit böögt Kopp un mit böögt Rüch.
Un mag he arm un nakelt ween:
He blifft *dien* Broder un *mien* Söhn.

Jesus kümmer sik üm Lüüd,
de veracht weern, nix bedüüd:
de Kunterlöörs (weern Stüürindriever),
de Fahntjes (weern lichtfardig Wiewer),
un he seet ok ofteens ünner
gemeen Volk un arme Sünner.
Ok de Froonslüüd harrn sien Ohr.
He geev ehr Ehr, se harrn dat swoor.
De Pharisäer schütt den Kopp.
De Schriftutleggers röög sik op.
De Preesters weern vergnatzt. All sään:
He mookt sik mit dat Volk gemeen.
He nimmt uns den Kunnschaft weg.
De dore Mensch mutt ut den Weg!

Un se tööft in düssen Sinn
op ehr Schangs to rechte Stünn.

Weer Ostertiet. De Büsch un Bööm
kleed sik to Fier in gröön.
De Lammer sprungen op de Weid,
de Gorns bestellt un dat Koorn seit.
Gottes Welt weer sowiet kloor
un sett sien Hööp op dat nieg Johr.
To de Fier woorn Lammer schächt,
un suurt Brööd in`n Aben leggt,
an Moses dacht, he güng vöran
ut Slaveree no Kanaan.

Jesus ahn, sien Tiet woor knapp.
He wull sien Huus beschicken,
för de, de achter em ranstapp,
müß he noch wat trechrücken.
So laad he denn sien Jünger in,
üm mit ehr in goden Sinn
den Braden to vertehrn
mit Broot un Wien un een poor Lehrn.
(Denkt de Mensch, ahnt he den Dood,
an de Wöör, de blieven doot?)

Jesus deel dat Broot un sä:
Dat eet! Dat is mien Liev!
So ward he, wenn ik dood bün, nee.
Op dat ik bi jüm bliev.

Jesus nehm den Wien un sä:
Den drinkt! Dat is mien Bloot!
Dat geev ik för all Menschen, de
Unrecht lied un doot.

Denn keem dat Lamm, un Jesus nehm
dat Mess to Hand, sneed op, bedeen.
Ok de Glöös dä he noschenken
un sä: Lot uns bedenken:
De König un de Eddelmann
de hebbt ehr Kroons blot lehnt.
Dat vörnehm Kleed treck`s ut un an:
De Vörnehmst is, de deent!

Gifft noch wat, un ik segg`t nich geern:
Een ut düs Rund verraad den Herrn.
Ik nich! Ik nich! Sien Jünger schregen.
Vun de twölf müß een Mensch lögen.
Petrus sä: Ik bliev bi di
ok in swore Tieden.
Herr, dien Noot de drippt ok mi.
Ik will mit di lieden.

Jesus anter: Wat mi freit,
lettst du mi nich in Stich.
Ik weet, noch hett de Hohn nich kreiht,
kennst du mi dreemol nich.

Weer Uhlenflucht. De Sünn is gohn.
Jesus harr noch mehr to doon.
He güng nu op den Ölbarg rop.
He harr'n Froog in'n Achterkopp,
de he hüüt noch loswarrn müß,
un Gott alleen de Antwoort wüß.

Dor boben mang Olivenbööm
weer he mit den Herrn alleen.
Un sien Jünger, ölben Mann,
keem em liespoot achteran,
üm den Meister nich to störn
un nich ut Oogen to verleern.

Jünger twölf, de Judas heet,
weer in so'n Geldsook op de Fööt,
üm de Preesterlüüd to möten
un ehr den Meister to verköpen.
Ik, sä he, ik goh vöran,
un den ik küß, dat is joon Mann.

Achtern kreeg he sien Lohn,
eerstmol de Hälft. Denn is he gohn.

Jesus böög middewiel de Knee,
un reck de Hänn no boben. He
weer blot Mensch, harr Angst dorvör,
wat bald op em tokomen wöör.
Un sien koolt Sweet drüppt root
op Gotts Eer as weer dat Bloot.
Vadder, sä he, ik bün bang
vör Pien un Wehdoog. Duurt dat lang?
Dat Pack, dat will sik amüseern
un dien Söhn mit Slääg trackteern.
Obshoonst ik fast in`n Gloof,
erlaat mi düsse Proov.
Un schall ik lieden för dien Welt,
mutt ik dat dregen. Dien Will gellt.

Un as he trüchkeem mit sien Last
slöpen sien Jünger deep un fast.
Jesus sä: Un ik heff dacht,
dat ji för joon Meister wacht.
So is dat ünner Gott sien Dack:
De Geist meist willig, dat Fleesch is swack.

Den Barg rop kroop as düüster Wolk
de Hoog Preester mit sien Volk.
Dat gröhl un grummel, stamp un klirr:
Weern Knechen mit ehr Kriegsgeschirr.
Se harrn ehr Order, un de gull
den Mensch, de blot Freden wull.
In de eerste Reeg vörut
güng Judas, keek no Jesus ut,
sien slimm Stück optoföhrn.
Noch weer Tiet. He kunn ümkehrn...
(De Froog is – ward uns nich vertellt –
hett sik sien Geweten mellt:
Du deihst Unrecht un sien Bloot
kümmt op di un kriggt di foot
un ward di ünnerkriegen.
Müß he sik sülms anspiegen?)
Weer to loot. Nu müß he gohn,
bleev hangen Kopp vör Jesus stohn,
keek em nich in de Ogen,
denn sien Wöör weern logen.
Meister, sä he, bün ik froh,
dat ik di hüüt noch sehn do.
Un denn geev he den Judaskuß.
Jesus sett den truern Sluß:
Judas, Judas, müß dat ween –
so verköffst du Gott sien Söhn?

Se harrn em foot. Un denn passeer
so`n Sook, de nich rechtfardig weer:
een vun de Jünger keem verkehrt,
weer verbiestert, trock sien Sweert
un hau den Hogen Preesters Knecht
een Ohr vun`n Kopp. Dat weer nich recht.
Jesus nehm dat Ohr, un he
peek dat wedder an sien Stee.
Steek dat Sweert weg! Keen Gewalt!
Wokeen dat Sweert treckt, fallt
dör dat Sweert. – Ik mutt dörstohn
wat schreven steiht in Gott sien Noom,
sä Jesus. – Un denn sleep se em
den Barg hendol to Kaiphas hen,
wo Schriftutleggers, Pharisäer
un noch`n poor Studeerte mehr
al op Jesus luern dään.
Dor harrn se em för sik alleen,
kunnen em mit Pien befrogen,
piesacken un verjogen.
Un so kregen de Afkoten
em achtertüsch tofoten,
üm mit Hoken, Ösen, Krücken
em wat an`t Tüüch to flicken.
Se froog un froog. Duur Stünnen.
Do weer keen Dreih to finnen.

De Hoog Preester sä: Hier steiht nu een,
de nennt sik Christus, Gott sien Söhn.
Nu froog ik di eernsthaftig,
büst du dat wohrachtig?
Wat wohr is, bruukt man nich versteken.
Mit joon Gloov kann ik nich reken,
sä Jesus. Nu kümmt bald de Tiet,
denn sitt ik an Gotts rechte Siet.

Dat keem topass, nu harrn se wat.
He hett Gott lästert! Hört ji dat?
Sä Hoog Preester. Op`n Stoot
reet he sien Rock twei. (Weer so Mood)
He is schüllig! He is schüllig!
Repen luudhals nu all Mann.
(Wat een Hoog Preester seggt, schient hillig.
Un em löppt man achteran)

Ok buten geev`t `n Truerspeel:
Dor verdreiht een Mann sien Seel.
Petrus, he weer middenmang
bargdolgohn in de Menschenslang
un seet nu buten vör dat Door
op de Steentrepp. Dat Hart swoor.
Vör em drengel sik de Lüüd:
Geev wat to beleven hüüt!

Is`n Truerspeel aftosehn,
kümmt de Neeschier op den Been.
Mit dusend Fööt un dusend Ohrn
steiht se denn vör Döörn un Doorn,
hork un kiek un snack un luer:
Wat deiht sik achter düsse Muur?

Een Deenstdeern, bi riek Lüüd in Lohn,
bleev vör Simon Petrus stohn,
keek em an un dacht wat no
sä denn: Hörst du nich ok dorto?
Kenn dien Gesicht un meen,
du büst vun sien Jünger een.
Deern, swieg still! Keen Woort vun wohr,
anter Petrus luud un klor.

Duur nich lang, do keem noch een,
`n ooln Mann mit een stief Been,
de nehm sien Stock, he wies op em
un sä: Mi dücht, dat ik di kenn.
Nu fallt mi`t in: Büst doch`n Mann,
de löppt den Jesus achteran.
Petrus anter em je stracks:
Weet nich mol, wovun du snackst.

Denn keem ok bald de Drütte an,
weer`n jung Gast, noch nich gans Mann,

de sä liekut: Dor seh ik een,
den heff ik oft mit Jesus sehn.
He is een vun Jesus´ Lüüd!
Petrus wüß, wat dat bedüüd,
un anter stöckerig:
Ik swöör di to, den kenn ik nich!

Knapp weer dat letzte Woort vergohn,
kreih in Nohbers Hoff de Hohn.
Un Petrus op den Steen
slöög de Hänn vör`n Kopp un ween.

Denn stulper Jesus ut de Döör,
un de Volksgall nehm em vör.
Un flüügt eerstmol de eerste Steen,
smiet se furts mit allemann
as dusend Düwel op den een,
de sik nich wehren kann.
De sünst insteek, de wüllt utdeelen.
Nu hebbt se een, den köönt se queelen,
verdüweln, slaan, bespiegen,
afleddern un anmiegen.
(För dat wat Menschen sik andoot,
is sik sülms dat Deert to goot)

De Preesters schaven em in Draff
an Pontius Pilatus af,
de to düs Tiet an Kaisers Stee
in Jerusalem regeern dä.
(Denn för een Preester gellt dat Woort:
Kümmst du in Heven to`n Rapport,
de Hauptsook is, du hest
vör Gott een reine West)

Knapp weern se dor, kloogt se em an:
He hett Gott lästert, düsse Mann.
He gifft sik as`n König ut,
snackt dat Volk blot no de Snut,
will för den Kaiser ok keen Schatt,
un wat witt is, mookt he swatt.
So een Mensch, deiht uns nich goot.
He verdeent, meent wi, den Dood.

Pilatus hör sik allns an.
Un nu verdeffendeer di, Mann!
Sä he to Jesus, hest je hört,
wat de Preesters an di stört.
Büst du de König? Büst du een
mit Riek, mit Thron, mit Slott ut Steen?
Mien Riek is nich vun düsse Welt.
In`n Heven is mien Thron opstellt,

anter Jesus em dorop.
Un Pilatus schütt den Kopp.
He sä: Lot em dor boben man regeern,
denn kann he uns nerrn nich störn.
Dat, dücht mi, is keen Verbreken.
Ik mutt em to de Narrn reken.
Gifft keen Grund, dat de Mann hangt,
un ik meen, de Pietsch, de langt.
Ik will keen Urdeel geven.
Vun mi ut kann he leven.
He kümmt ut Galiläa, do
steiht Herodes för em to.
(Meent is dormit Herodes Twee,
Söhn vun den, de murksen dä)
An de Adress schickt he em wieder
un dach, nu weer he ut`n Snieder.

Mit Deensten un mit Eddellüüd
weer Herodes in sien Slott to Tiet,
as dat Volk mit Jesus keem,
dat he em in de Mangel nehm.
Un wedder dat Verklaffen,
em wat an`t Tüch to schaffen.
Herodes froog em düt un dat.
Un Jesus sweeg. (Harr`t Frogen satt)

Dat weer wull beter an sien Stee,
wenn he sik dor rutholn dä,
dach Herodes. (Villicht keem em
de Kinnermoord vun Bethlehem,
sien Vadders oole Sünn
nu wedder in den Sinn)
Ik will nich richten in den Fall,
denn ik glööv, de Keerl is mall.
Ut luder Spott un Hohn
kleed he em in fein Tüch.
De passend Rock för`n Königsthron,
sä he, un schick em trüch
no Pilatus vör de Döör.
(So keem he sülms nich to Malöör)

Pilatus, dorüm jüst nich froh,
seet nu nochmol mit em to.
Un he versöcht to`n tweeten Mol,
em to bewohrn vör`n Dodenpohl.
Pilatus´ Wief, de `n klook Fro weer,
kenn sik ut mit Jesus´ Lehr,
un se leet ehrn Mann bestelln:
Glööv nich, wat de Lüüd vertelln.
Ik harr`n Droom – em drippt keen Schuld.
Richt nich, as de Preesters wullt.

To Oostern steiht mi een Gnaad to.
Nehmt ji Jesus, segg ik jo,
sä Pilatus, in de Hööp,
dat allns no sien Willn leep.
.

De Preesters harrn to rechte Tiet
de Lüüd besnackt un op ehr Siet.
Un so schreeg dat Volk denn: Wi
wüllt Barrabas! Den geev uns frie!
Pilatus sä: Ik bün gans seker,
düsse Mann is keen Verbreker.
Un wat ji em an Schuld noseggt,
hangt in`e Luft, is nich gerecht.
Ik seggt`t nochmol: Mit Jesus hangt
dat Recht an`t Krüüz. De Pietsch de langt.
Dat weer de reine Wohrheit, un
he dä för Jesus, wat he kunn.
Blot wat schull he moken, wenn
de Volksstimm gröhl: An`t Krüüz mit em!
An sien Bloot dreeg ik keen Schuld,
sä Pilatus, hebbt *ji* wullt.

No Golgatha, de grulich Stee,
wo man Verbreker richten dä,
för Jesus nu de letzte Stroot,
weer polstert noch mit Pien un Noot,

mit Spieg un Spott
ut Hütt un Slott,
mit Menschen, de sik Menschen nennt
un in em nich den Broder kennt.
Jesus sleep sien Krüüz bargan,
un jedeen Schreed weer Schimp un Schann.
Duur nich lang, kunn he nich mehr
un full mitsams dat Krüüz to Eer.
Do keem jüst vun de Arbeid trüch
`n grooten Keerl mit brede Rüch,
de em dat Krüüz afnehm.
De heet: Simon vun Kyren.

Noch dusend Schreed, denn weern se dor.
De Schinnerknechens stunnen al klor.
Mit Homer, Nogels un ehrn Maat
weern se för`t Geschäft paraat.

De Arms utbreed un lang de Been,
so`n smeerig Lappen mang de Tähn,
den nakelt Liev, ohn Ehr, ohn Stolt,
mit sößtoll Nogels an dat Holt,
dör beide Fööt, dör beide Hänn,
Un op den Kopp keem noch an`t Enn
de Duurnenkroon to Höög un Schann.
Dat deiht de Mensch den Menschen an!

Un sien Kleder, Stück för Stück,
verspeelt de Knechens ünner sik.
Mit blödig Lipp in all sien Noot
schreeg Jesus op to`n Heven:
Vadder, du mußt ehr vergeven,
denn se weet nich, wat se doot.

Een armen Sünner to jed Siet,
in`e Midd hangt Gott sien Söhn.
Den Dood bi Foot verdrüppt de Tiet.
De Heven töövt. De Froonslüüd ween.
De Frommen swiegt. De Preesters spott:
Büst du Gotts Söhn, denn hölpt di Gott.
Wenn he will, holt he di dol
vun den feinen holten Pohl.
Denn sä de Sleef an sien link Siet:
Hölp mi ok dol. Ward langsom Tiet.
An sien recht Siet, de annereen,
bang vör dat, wat nu bald keem,
sä: Herr, geihst du, denn bidd ik di,
büst du boben, denk an mi.
Un Jesus anter: Warst noch wies,
kümmst hüüt mit mi in`t Paradies.

De sößte Stünn, noch is dat Dag.
Nu ward dat düüster op`n Slag.

De Sünn fallt dol no Gott sien Will.
De Wind blifft stohn. De Tiet steiht still.
Do kreih keen Hohn. Keen Vogel singt.
Keen Hund de bellt. Keen Glocken klingt.
Dat Tempeldook ritt merrn twei.
Un op dat Krüüz `n swatte Kreih...
De Stünn is dor.
Dat Woort ward wohr.

Vadder mien, ik koom to di!
Sä Jesus. Un denn weer`t vörbi.
Op de Bost full em den Kopp.
Sien Seel steeg liek to`n Heven op.

Dat Volk verleep sik. (Stück weer ut)
De Preesters harrn ehr Freden.
Geev ok de annern, bleek üm Snuut,
man hör se liesen beden.

Op Feller, wo veel Unrecht steiht,
blöht enkelt ok Barmhartigkeit.
Geev ünner veel een Mann (blot een!),
de ut Arimathia keem,
so een, de den Nack nich böög,
nehm mit Pilatus sien Verlööf

den arm schännt Lief vun`n Schandpohl af,
slöög em in witt Linnen,
un ohn sik to besinnen
leeg he em in sien egen Graff.
Denn wruck he noch as faste Döör
so`n groten, sworen Steen dorför.

Un de Rest blifft för de Froon:
De Truer üm dat, wat Mannslüüd doon.
Ehr Weenen un ehr Tranen gellt
för all dat Lieden in uns Welt.

Noch dreiht se sik. Dat Krüüz is bleven.
Jesus hett uns allns geven:
sien Hart, sien Geist, sien Bloot.
Un wi weet noch nich, wat wi doot.

Boy Lornsen wurde 1922 als Sohn eines Kapitäns in Keitum auf Sylt geboren. Nach dem Abitur 1941 leistete er bis 1945 Kriegsdienst. Anschließend ließ er sich als Zimmermann umschulen, studierte danach Freie Plastik in Hannover, machte daneben seinen Steinbildhauergesellen und 1952 die Meisterprüfung. Bis 1966 hatte er einen Steinbildhauerbetrieb in Brunsbüttel. 1972 erhielt er den „Friedrich-Bödecker-Preis", zwei Jahre später den Preis der japanischen Schulbibliothekare und danach viele andere Preise und Auszeichnungen. Er war Mitglied des PEN-Club und starb 1995 in Keitum auf Sylt. Durch seine Kinderbücher wurde Boy Lornsen über den deutschsprachigen Raum hinaus bekannt – sie wurden in zwölf Sprachen übersetzt. Neben einigen norddeutschen Erzählungen hat er auch drei Bücher in Plattdeutsch geschrieben.